NOUELA

PUÑAL DE CLAVELES

Carmen de Burgos

- COLECCIÓN MILANO -

NOVELA

Aliarediciones

«Era una sensación fuerte y poderosa: la poseían los claveles, con el aroma que la penetraba como un puñal. Entonces pensaba en un hombre».

COLECCIÓN MILANO - NOVELA

Depósito Legal: GR 689-2025
ISBN: 979-13-87823-12-2

Impreso en España

Edita ALIAR Ediciones
www.aliarediciones.es
info@aliarediciones.es

PUÑAL DE CLAVELES

Carmen de Burgos

- COLECCIÓN MILANO -

NOVELA

I

LA PRIMERA AMONESTACIÓN

La tarde de primavera, estaba llena de promesas de fecundidad. El campo ofrecía ya la plenitud de la cosecha con las mieses que comenzaban a enrubiar y mecían las espigas de granos hinchados y lucientes.

Un intenso olor a día de primavera lo envolvía todo de un modo penetrante.

Después de los días grises del invierno reseco, árido y triste, se dejaba sentir con más fuerza el despertar de la naturaleza en pleno campo, como si se escuchasen las pulsaciones de un corazón que cobraba nueva vida con la circulación de la savia que lo reanimaba todo.

Pura apareció en la puerta del solitario cortijo, puso la mano derecha como toldo a los ojos y tendió la vista a lo largo del camino, que se extendía zigzagueando entre los declives de las montañas.

Se veía avanzar por él una burra cargada con capachos, sobre los que iba colocada una arqueta de madera. A su lado, un hombre, varilla en mano, parecía ayudarle a andar, más que arrearla, para que continuase su camino.

—No me había engañado —murmuró la joven.

Se volvió hacia el interior de la casa y llamó con voz alegre:

—¡Madre! ¡Cándida! ¡Isabel! Por ahí viene el tío Santiaguico.

Se oyó un rumor de crujientes faldas almidonadas, y otras dos jóvenes llegaron al lado de Pura, con expresión contenta y curiosa.

El buhonero que llegaba tenía fama de llevar de cortijo en cortijo las mercancías más bellas, que cambiaba por recova.

La madre apareció detrás.

—Esto es una plaga. Estas gentes no nos dejan parar. Desde que se sabe que se casa Pura parece que se han dado cita aquí.

Los perros comenzaron a ladrar y fingir furiosos ataques en dirección del lugar por donde se aproximaban el hombre y la caballería.

La voz de Pura se elevó imponiéndoles silencio.

—¡Zaida! ¡Sola! ¡Aquí!

Las dos perras se acercaron, mansas, al tiempo que llegaba el vendedor, al que su pequeña estatura valía la disminución de su nombre.

—¡A la paz de Dios! —dijo.

Y la madre respondió:

—¡Dios te guarde!

En seguida, Santiaguico se dirigió a la burra y comenzó a descargarla, no sólo de la arquilla, sino de los aparejos.

La hospitalidad del campo de Níjar exigía que el viajero se quedase a dormir en el lugar donde se le ponía el sol, ya que la distancia de cortijo a cortijo era siempre larga.

Se viajaba así sin pagar posada. Un pienso de paja para la bestia y la ración de comida para el hombre eran como una cosa obligatoria. Nunca faltaba un rincón para que durmieran los improvisados huéspedes; en el pajar, durante el invierno; o entre la mies de la era, en el verano.

Debía estar acostumbrado Santiaguico a pernoctar en el cortijo del Monje, porque no vaciló en llevar la borrica a la cuadra y en colocar los aparejos sobre un poyo de piedra cercano a la puerta.

Una vez hecho esto penetró con la arquilla en la cocina de arco, que era la primera pieza de la casa.

—No te canses en enseñar nada —dijo la madre—. Ya te advertí el otro día no vinieras en mucho tiempo. Pura lo tiene todo comprado.

—A las mujeres les falta siempre algo. Traigo preciosidades. Usted no tiene más hija que esa, tía Antonia. No sea roñosa, que no se va a llevar el dinero al otro mundo.

Mientras hablaba había abierto la arqueta y aparecía ante las jóvenes toda la bisutería y las baratijas que la llenaban. Isabel llamó:

—Rosiya, Encarnación.

Acudieron otras dos muchachas, en refajo y con los pies descalzos, pero admirablemente peinadas y con ramos de alhelíes blancos en la cabeza.

Las cinco jóvenes aproximaban sus cabezas, morenas y graciosas, para contemplar el fondo de la arquilla.

Había allí botones de nácar y de metal brillantes; imperdibles y alfileres con piedras raras; aretes de pasta roja y de latón; anillos, collares de coral y de cuentas con vidrio; puntillas y listones de todos colores. Una porción de nonadas que miraban con embeleso y que atraían también la atención de la tía Antonia, aunque ella no quisiera dejar ver su impresión, pues pocas personas tenían tanta noción de su importancia de labradora rica.

Estaba satisfecha de su gordura, que le impedía casi moverse, y le hacía andar naneando como un pato, porque le parecía una cosa señorial. Desde que engordó, su carne parecía haberse rejuvenecido, y su piel, estirada y brillante, causaba la envidia de las mujeres de la comarca, la mayoría de ellas cetrinas y acartonadas, como si estuviesen curtidas, y sus carnes formasen al esqueleto una corteza de piel dura, en la que se veía tallada la red de los nervios.

Desde que llegó a las diez arrobas tenía fama de belleza. El instinto moruno de los campesinos andaluces hacía residir la hermosura en la frescura de la carne. Jamás se decía que era guapa una mujer extremadamente delgada y, en cambio, ante la obesidad, solía exclamarse un admirativo: ¡Dios la bendiga!

Pura tenía fama de guapa, y, al decir de las gentes, prometía parecerse a su madre. Pero por el momento no se le asemejaba en nada: tenía una belleza carnosa, escultural, con la tez muy blanca y los ojos tan azules que parecían teñidos de añil, en contraste con la negrura de cejas, pestañas y cabellos.

La conciencia de su hermosura y de la riqueza de su padre, uno de los labradores más acaudalados del contorno, la habían hecho coqueta y caprichosa; pero había acabado por acarrearle un sentimiento de tristeza.

Estaba satisfecha su vanidad; triunfaba en los bailes sobre todas las otras y se sentía envidiada de las mozas y deseada de los mozos. Veía llegar a su cortijo, montados en soberbios caballos o magníficas mulas, a todos los jóvenes casaderos para solicitar su amor. ¿Pero qué valía todo eso en su vida cansada y monótona? ¿De qué servía ni siquiera ser hermosa en aquel desierto?

Por instinto, comprendía que la belleza necesitaba otro marco, y que ella era superior a los hombres que la solicitaban.

Así, amándose demasiado a sí misma, y soñando con una vida distinta en otros horizontes lejanos, no se había decidido por ninguno de sus pretendientes y había rechazado los partidos más ventajosos, con gran desesperación y disgusto de su madre, que deseaba consolidar su posición de labradores ricos con un enlace brillante para la hija.

Allí había también sus jerarquías sociales. Los jornaleros no tenían la consideración, un poco de magnates, de los dueños de las grandes haciendas.

Frasco Cruz, su marido, y ella venían de la clase humilde de los jornaleros. Era un verdadero milagro su fortuna.

Aquel cortijo del Monje pertenecía a un viejo carlista que al ver perdidos sus ideales había ido a enterrarse en la soledad, y con los últimos restos de su patrimonio había construido allí su panteón de familia, declarando que deseaba vivir y morir siempre en sus dominios.

Don José tenía un carácter tan irritable y violento que todos los de la casa le temblaban. Había convertido el cortijo en una especie de monasterio, aislado de todo, pues sólo salía de él cuando era preciso hacer alguna compra con un criado viejo, que lo acompañaba siempre; y no recibía visitas ni dejaba que se acercara nadie a la puerta. Los caminos, a fuerza de no ser pisados, se iban convirtiendo en veredas y borrándose bajo la hierba.

La primera en ocupar nicho en el cementerio, unido al cortijo como un corralón, lleno de cipreses y con una gran cruz sobre la puerta, fue la pobre esposa de don José, a la que no tardó en seguir su hija. Se murieron como flores marchitas, faltas de ambiente, en aquel encierro a que don José las había condenado.

Se decía que el viejo no las sintió mucho, y que más bien les agradeció el placer de ir a esperarlo en aquella morada.

Le entró un deseo de coleccionador de muertos. No se ocupaba más que de buscar los cadáveres de todos sus antepasados y hacerlos llevar a su panteón de familia.

Cada uno de aquellos sombríos entierros era una fiesta para él y un motivo más para alejar la gente del contorno por el miedo supersticioso que todos tenían a los muertos.

Así era que no le paraban los criados y solo Frasco Cruz y su mujer tuvieron la paciencia suficiente para aguantar los malos humores y las rarezas de su amo; pero su sufrimiento tuvo, al fin, recompensa.

Cuando menos lo esperaban, don José decidió marcharse a la ciudad, y dejó la finca a Frasco Cruz, para que la fuese pagando a plazos, sin más condición que la de respetar y cuidar a toda la familia que dejaba sepultada en el cementerio, como si la hubiese llevado allí para verse más libre de ella.

La envidia que provocaba la fortuna de Frasco Cruz hacía que las gentes criticaran más despiadadamente a don José, por haber vendido los huesos de sus antepasados.

Unos hablaban de apariciones que lo tenían asustado, con el temor de que sus muertos tomasen venganza de sus crueldades. Otros sostenían que se había marchado de miedo a la vista de aquel único nicho vacío que le estaba destinado y que parecía dispuesto a tragárselo.

Pero el caso fue que Frasco Cruz y su mujer se vieron, cuando ni siquiera se hubieran atrevido a pensarlo, dueños del cortijo del Monje.

Frasco continuó su vida sencilla y de trabajo, pero Antonia comenzó a engordar, a tomar importancia y a hacerse dar el tratamiento de tía Antonia, que equivale allí al de doña Antonia en la ciudad. Se diría que había heredado el orgullo y dignidad de los antiguos dueños, y hasta el mal genio, autoritario, de don José.

Como el protocolo de la alta sociedad campesina que se observa tan severamente allí, como se guardaba en las antiguas cortes, no permitía a las mujeres casadas componerse, ni siquiera llevar la cabeza descubierta, ni asistir a fiestas, sino con las hijas, los deseos irrealizados de la juventud de la tía Antonia venían a encarnar en Pura.

Se divertía en vestir y adornar a la hija para que llamase la atención entre todas las mozas, porque a ella le alcanzaba también el triunfo. Pura llevaba las modas más audaces con una tendencia señorial que escandalizaba a las gentes conservadoras de sus tradiciones. Había llegado a peinarse sin moño y a presentarse en el baile sin pañuelo al talle, cosa que no se permitían las aldeanas.

Pero, pese a las críticas de los envidiosos, todos los mozos se juntaban en torno a Pura. Cada vez que salía a bailar se le cantaban coplas y coplas que le impedían dejar el baile. Hubo veces de bailar quince coplas seguidas. Cantaban los mozos a pares, los bailadores se pedían la vez para acompañarla con ese: «¿Hace usted el favor, amigo?», que obliga a retirarse al que actúa y dejar el puesto al otro.

Se componían coplas para ella y surgían los piropos más poéticos cuando se le pedía a su pareja: «¡Dígale algo a esa niña!».

La madre gozaba en eso seguramente más que Pura, la cual, siempre seria y contemplativa, parecía no interesarse por nada.

Tenía deseo la madre de vivir la novela de amor de la hija y la desesperaba su indiferencia por los hombres.

—Parece que esperas algún príncipe —solía decirle—. Mira que los años pasan y te vas a quedar para vestir imágenes.

Aquel último razonamiento hacía impresión en la muchacha. Había ya cumplido los veinte años y veinte años eran muchos años allí, donde las mujeres, prematuramente maduras, se casan a los quince o dieciséis, lo más tarde. No estaba ya en edad de descuidarse.

Así es que cuando su padre le habló de que la había pedido en matrimonio Antonio el Peneque, que gracias a su suerte en el contrabando había llegado a ser dueño del cortijo de los Tollos, ella lo aceptó sin alegría y sin repugnancia.

Antonio tenía un tipo moreno, moruno; se recordaba al verlo que la tierra fronteriza africana se divisaba desde lo alto de las montañas de la costa, cuando al salir el sol reflejaba sobre ellas. Era fuerte, sanguíneo, con una rojez que recordaba la sangre de toro. Eso hacía murmurar que le gustaba tomar un vaso de vino algo más de lo corriente; pero nadie podía decir que lo había visto embriagado. Si tomaba alguna pítima era a sus solas, cuando la podía dormir sin que lo vieran.

No era ya muy joven; andaba cerca de doblarle la edad a Pura; y a pesar del asedio que le habían puesto todas las muchachas del contorno, no se le había conocido ninguna novia.

Ya se iban reconciliando con él las que lo odiaban, creyéndolo incasable, cuando vino a sorprenderlas la noticia de la boda con Pura.

El noviazgo tenía que ser corto, dada la edad y posición del novio, que no era de pasatiempos.

La boda prometía ser un acontecimiento, un alarde de ostentación, con la que los nuevos ricos querían afianzar su prestigio de labradores acaudalados. Había allí también sus prejuicios de aristocracia, y se echaba en cara a la familia de Frasco Cruz haber sido sirvientes, que era todavía un estado inferior al de jornaleros. En cuanto a Antonio, no era más que un contrabandista enriquecido sabe Dios cómo.

Se le conocía sólo por Antonio el Peneque, apodo que llevaban ya sus antepasados, y que era el único apellido que podían ostentar, pues el único que sabía su verdadero apellido fue un abuelo que se ahogó en el mar una noche de alijo. Cuando llamaron al hijo a declarar no pudo decir su apellido; solo pudo decir, casi llorando:

—El apellido se ha ahogado en el mar con mi padre.

Y desde entonces no los conocieron más que por los Peneques, y a sus enemigos les servía de risa y comidilla la anécdota de su verdadero apellido ahogado en el mar con el abuelo.

Aunque aún faltaba más de un mes para la boda, no se hablaba de otra cosa en todo el contorno. Las mozas se preparaban para la fiesta con la secreta esperanza de que se realizara el refrán de que siempre de una boda sale otra.

Todas comentaban envidiosamente los preparativos que liarían en el cortijo de los Tollos para recibir a Pura, pues aunque todas aparentaban despreciar a Antonio, hubieran querido estar en lugar de la novia.

Las que habían logrado ver los preparativos decían que toda la alcoba tenía cortinillas blancas, y que a la cama le habían puesto tantos colchones que estaba más cercana al techo que al suelo.

Las camas altas eran como un lujo de la comarca. Debajo de ellas se guardaban ropas y herramientas, y como las colchas no bastaban a cubrirlas, se ponían delanteras bordadas, que consistían en volantes de encajes y entredoses, los cuales caían como las guarniciones de los altares.

Todos los buhoneros que con sus arquillas sobre las burras o sobre las espaldas iban vendiendo telas, encajes y baratijas, acudieron a los cortijos de los novios y se hacían lenguas contando las compras que les habían hecho. Se sabía que Antonio le había regalado a la novia un traje de holandilla, otro de merino negro, un mantón de Manila y un collar de corales.

Sin embargo, los vendedores continuaban yendo, después de cada viaje de recova, a Níjar o a Almería, con las nuevas novedades.

Las cabezas de las cinco muchachas se unían para mirar todas aquellas cosas del fondo de la arquilla.

La juventud y la gracia las igualaban a todas. Cándida e Isabel eran primas pobres que vivían en compañía de Pura; y Rosa y Encarnación, vecinas que les servían de criadas. Pero entre todas se había formado una especie de camaradería que borraba diferencias: todas atendían a los quehaceres del cortijo y todas comían en la misma mesa y se iban juntas a los bailes.

Rosa se puso en su mano regordeta, colorada, donde el frío del agua había abierto grietas, una sortija de gran piedra azul y la miraba a la luz como si hubiera sido un diamante.

Isabel ponía sobre su pecho un alfiler que fingía un racimo de uvas encarnadas. Cándida miraba embelesada unos aretes de latón y cristal; y Encarnación y Pura reconcentraban la atención en la caja de flores contrahechas donde lucían soberbias rosas rosadas, de tamaño descomunal, sobre hojas de papel de talco.

Tan distraídas estaban que no oyeron el ruido de los pasos de las cabalgaduras que se aproximaban. Bien es verdad que debían de ser amigos, porque Zaida y Sola no ladraron.

Así es que las sorprendió ver detenerse a la puerta los tres potros enjaezados y oír la voz de Antonio y sus dos amigos al pronunciar el saludo habitual:

—A la paz de Dios.

No los esperaban tan temprano aquel domingo. Rosa y Encarna salieron huyendo para que no las viesen sin vestir de gala aún. Isabel y Cándida se ruborizaron de esperanza.

Antonio iba rara vez sólo. Siempre llevaba amigos. Sobre todo no faltaba jamás Joseíyo, cuya visita no parecía desinteresada, pero que no acababa de decidirse por ninguna de las dos primas. Aquella tarde los acompañaba también Ceferino, un primo de Antonio, al que no le parecía costal de paja Cándida. Esto parecía indicar que José se inclinaría a Isabel.

Mientras Antonio iba a cumplimentar a la futura suegra y Ceferino amarraba las bestias por las bridas a los hierros de la ventana, José se acercó a las muchachas.

Pura tenía en la mano la gran sortija azul, abandonada por Rosa en la huida.

—Supongo que no te irás a comprar eso —dijo.

—Pues es muy bonita.

—Sí, pero Antonio te ha comprado una que vale más que ésa.

—¿Cómo lo sabes?

—Porque me la ha enseñado.

—¿Y cómo es?

—Se enfadará si te lo cuento.

—No le diré nada.

—Pues es de oro macizo.

—¿Quieres callar?

—Y con una gran perla verdadera. Es la que te pondrá cuando os velen.

La joven se quedó silenciosa.

—La he traído yo de Almería.

—¿Has estado en Almería?

—Sí...; me quiero ir a Orán y fui a preparar el viaje.

—¡Qué suerte irse lejos! ¡Ver tierras! —dijo Pura—. ¿Cuándo te vas?

—Cuando os caséis. Ahora Antonio me necesita para todo. Le he traído hasta las arras en moneditas de oro de dos duros que son una preciosidad, chiquitas, para que te quepan bien en las manos.

La voz de Antonio los interrumpió.

—¿Qué andas charlando ahí?

—Me decía que le gusta esa sortija azul —dijo José.

—Eso vale poco —respondió con orgullo el novio.

—Lo que le gusta —interrumpió Santiaguico— son este par de rosas.

—¿Y qué valen?

Pura atajó:

—No, no quiero que me las compres. Me gustan porque a mí me gustan mucho las flores…, pero no me las he de poner.

—Esta noche hay baile en el Granadillo… —insistió el buhonero.

—Pero ella no puede ir —dijo la madre, con cierta satisfacción—. Esta mañana se ha corrido en Níjar la primera amonestación.

—¡Ah!, vamos, que estás ya presa —dijo el vendedor—. Cómpramelas tú, Isabel.

—No tengo dinero.

—Si me dejas que yo te las regale —dijo Ceferino.

—Regálale otras —dijo Antonio—. Aunque Pura no vaya al baile, quiero yo que se ponga esas rosas esta noche.

La joven había enrojecido. Sentía una sensación de malestar. Le parecía que era verdad que con aquella amonestación lejana estaba presa.

Su cautividad le impedía ya salir a la calle. Una mujer amonestada no se presentaba en ninguna parte ni salía de su casa.

Le pareció que los ojos de Antonio la miraban con expresión distinta, con algo de amo, de vencedor, como si la valuase y tomase posesión de su cuerpo. Experimentaba algo doloroso, algo de vergüenza. Aún quiso protestar de aquel regalo.

—A mí me gustan las flores naturales, que tengan olor…, los claveles y los nardos…

Pero Antonio no le hacía caso.

—Vamos a ver, Santiaguillo, si llevas un buen pañuelo de la cabeza para la tía Antonia.

—¿También para mí? —dijo la madre contenta.

—Pues ya lo creo. A ver, Rosa, Encarnación, tomar lo que más os guste.

—Nosotras no estamos amonestadas y nos estamos vistiendo para ir al baile del Granadillo —respondieron desde dentro las muchachas.

—¿Y por qué no vais vosotras también? —preguntó Ceferino, que había ofrecido un par de peinas con cuentas de vidrio a Cándida e Isabel.

—Pues claro que sí van —afirmó José.

Las muchachas dudaban.

—¡Dejar sola a Pura!

—Las novias no necesitan a nadie —respondió el joven.

—Pero ¿quién nos lleva?

La severa moral campesina exigía que no fueran las mozas solas, aun reuniéndose tantas, y la madre tenía que quedarse para guardar a los novios.

—¿Dónde está el tío Frasco? —preguntó Ceferino.

—Mi padre fue con los muleros a recoger los pares del haza —respondió Pura.

—Entonces no debe tardar y lo convenceremos.

—No costará mucho trabajo —dijo riendo la esposa—, que, viejete y todo, siempre le gusta echar una cana al aire.

—Pero usted no se disgustará.

—¿Por qué? No me va a traer ningún chico a casa.

Protestaron las sobrinas con el deseo de ir al baile.

—El tío no mira a las mujeres.

—Que os creéis vosotras eso —repuso con viveza, como si la indiferencia de su marido fuese algo ofensivo—. Los hombres, cuanto más viejos más pellejos. Y no me pesa, porque caballo que no relincha cuando ve a la yegua…

Las dos muchachas salieron compuestas, frescas y lavadas, anunciando que ya estaba la olla pronta para volcarla.

No fue preciso esperar mucho. Frasco Cruz llegó del campo con los muleros y aceptó con alegría el ir de guardián de las muchachas. Dos de los criados los acompañarían y se quedarían otros dos a cuidar las bestias.

Fue preciso que se cambiaran el turno entre ellos para que le tocara ir al novio de Rosiya.

La comida fue alegre. Se puso una mesa pequeña y baja en medio de la gran cocina, de dos naves, partidas por un arco, en cuyo centro había una argolla de hierro. Era la cocina donde en las noches de baile cabían doscientas personas y que servía de comedor, de recibimiento, de dormitorio a los muleros, cuando se quedaban en casa, y hasta de almacén, porque en torno de la nave primera se amontonaban los objetos, y detrás del gran portón claveteado, que se atrancaba con mozo y cerrojos, se ocultaban durante el día las labores de esparto y los aparejos de las bestias.

Se cubrió la mesa con un blanco mantel, se colocó encima la enorme fuente vidriada con honores de lebrillo, y las dos muchachas volcaron en ella, no sin trabajo, la olla, que esparció con su vapor el perfume apetitoso del tocino y los garbanzos cocidos con la berza y las patatas, capaz de tonificar la desgana más pronunciada.

No se ponían platos ni vasos. Los que tenían sed se levantaban a beber en las rezumantes jarras de barro, que ofrecían su frescura sobre la cantarera, a cuyos lados colgaban las coquetas toallas blancas, con encaje de *crochet*, que no se usaban nunca.

El vasar, de arco, empotrado en la pared, estaba atestado de platos y de vasos; en torno de él colgaban de las asas, o sujetas por lazos, tazas y jícaras; las paredes estaban cubiertas de grupos de botellas formando piñas; entre ellas se veían cromos y estampas de santos mezcladas con panochas, pimientos secos o calabazas de cuello que llamaban la atención por la forma o el tamaño, mereciendo por eso el honor de conservarlas como rareza.

Pero nada de esa loza se usaba; ni los cobres y las ollas colocadas en el alero de la leja, sobre el extremo donde estaba el hogar, servían nunca. Sólo una cuchara para cada uno y una faca para partir el pan de todos les bastaba. El vino, las raras veces que, como aquella noche de gala, se bebía, daba la vuelta al corro en el mismo jarro.

Comían todos en la misma fuente. La madre ponía en el lado de cada uno el pedazo de tocino que le correspondía. Sólo se había sacado en tazones la comida de los zagales, que, por su poca edad, no se sentaban aún a la mesa de los mayores, y que habían ido a comerse su ración sobre el tranco de la puerta, cerca de los perros, que los miraban ansiosos esperando su vez.

Estaban alrededor de la mesilla todos: amos, amigas, huéspedes y criados. Si había mucha gente todo se reducía a que el corro fuese mayor.

Se hablaba, se reía, se bebía en abundancia. La olla resultaba tan cargada de tocino que, al decir de Santiaguico, era capaz de resucitar a un muerto. El pan era de trigo, sin mezcla de cebada ni de maíz, pan de ricos, que atestiguaba felicidad y bienestar.

Cuando acabaron de comer, las chicas levantaron la mesa y un cuarto de hora después los que iban al baile se despidieron alegremente.

La noche era oscura, los caminos áridos y pedregosos; tenían que andar más de una legua para llegar al Granadillo, pero todos iban contentos. En llegando bailarían y cantarían sin cansancio ninguno, y aunque no retornarían hasta el amanecer, también andando, no se les notaría fatiga en sus ocupaciones habituales.

Los dos mozos no tardaron en sacar las cabeceras de paja y los cojines y acostarse en un ángulo de la gran cocina, cubiertos con las mantas, sin más que quitarse las chaquetas, las fajas y las esparteñas. Un hombre que se desnudara para dormir sería considerado allí como el colmo del afeminamiento, así como la mujer que no se despojase hasta de la camisa para entregarse al sueño pasaría por el colmo de la suciedad. Se quedaron solos Pura, su madre y su novio. Él, sentado cerca de ella, que, perezosa e inactiva, se entretenía en hacer y deshacer plieguecitos en el borde de su delantal, mientras dejaba vagar los ojos azules por los ángulos oscuros de la cocina.

La madre hilaba las placas de lana, recién cardada, bien oliente al óleo y al aroma de establo, y Antonio les narraba cómo iba la cosecha de sus campos, la abundante cría de sus ovejas y la desdicha de que atacase todos los años a su piara el mal colorao.

De vez en vez bajaba la voz para dirigir un cariño vulgar a su prometida, que lo recibía con esa habitual reserva campesina, bajo la que no se sabía si se ocultaba pudor o disgusto.

Con la puerta cerrada, que impedía ver las Cabrillas, y sin reloj que marcara el tiempo, las horas se le hacían a Pura interminables. Su pensamiento seguía a sus primas y sus amigas. Tenía idea de la animación del baile. Recordaba los triunfos a que renunciaba, y sentía la tristeza que acompañaba en su casamiento a la campesina andaluza, obligada a dejarlo todo.

Y tenía la sensación de que era preciso casarse. Una solterona allí tenía también una renuncia obligatoria de las fiestas, acompañada del ridículo de que se libraba la casada. Comenzaba a comprender por qué su madre parecía haber revivido en ella, y por qué buscaba el pretexto de tener las sobrinas al lado, ahora que ella se casaba. Casarse era preciso; pero el casarse ¿era ir al amor o era ir al fastidio?

No se atrevía a mirar a su novio al hacerse esa pregunta. Le parecía que no lo había visto bien, que no sabía bien cómo era. Era el marido en que había pensado desde muchacha, sin precisar sus rasgos.

Le había gustado triunfar de un solterón recalcitrante y de todas las que lo deseaban. La complacía el lujo que podía desplegar en su boda, la envidia que iba a despertar. Así, cuando Antonio comenzó a hablar de los muebles, las ropas y las joyas que aún tenían que comprar, se borraron de su espíritu las impresiones penosas, y la llegaron a sorprender las alegres voces y risas de los que volvían contando sus anécdotas del baile, como si retornasen antes de lo que los esperaba.

II

EL RAMO DE FLORES

La semana transcurría con esa rapidez con que se ven huir los días muy llenos de cosas en nuestra vida.

Toda la gente del cortijo del Monje estaba preocupada con la boda de Pura.

La madre no se bastaba para disponer todo lo que era necesario. Había de salir de allí la comitiva y allí se había de celebrar la comida de bodas al retorno, antes de ir a casa de los novios para celebrar el gran baile y las fiestas de la tornaboda.

Como el futuro yerno era rico y ostentoso, y estaba dispuesto a echar la casa por la ventana, la tía Antonia no quería quedarse atrás.

Se preparaba a amasar tablas repletas de pan candeal, rosquillas y mantecados.

Una ternera de nueve arrobas se sacrificaría para el festín, y para los invitados al baile se preparaba un saco de garbanzos tostados, en su baño de cal, que les haría parecerse, con esa cosa de cabeza humana que tiene el garbanzo, a cabecitas de pierrots; y otro saco de cacahuetes, además de la gran buñolada y las rondas de vino y anisado.

Las muchachas todas, así las de la casa como las de los lugares de tres leguas a la redonda, preparaban galas que ocultaban cuidadosamente unas de otras para lucir en la fiesta.

Toda la semana había estado Pura teniendo visitas, con el deseo de ver sus ropas y sus regalos. Una verdadera romería al cortijo del Monje, que no le daba tiempo de aburrirse.

El goce de ver la admiración y la envidia de sus amigas, y de escuchar sus elogios, le hacía no cansarse de abrir las arcas y mostrar una y otra vez todas sus ropas.

Su madre apenas podía ocuparse de las visitas, no sólo por los quehaceres, sino por vigilar a Rosa. Desde la noche del baile, el novio y ella estaban tan amartelados que la tía Antonia sentía miedo de su responsabilidad si le ocurriera algo a la muchacha en su casa.

El vivir los dos novios bajo el mismo techo era un verdadero peligro en aquellas circunstancias, en las que no oír hablar más que de bodas y amores había de excitar su pasión.

Y precisamente en aquellos momentos no podía prescindir la tía Antonia de ninguno de sus servidores. Prefería sacrificarse a una vigilancia continua. Donde iba Rosa, allí aparecía Juan, y no era que el muchacho la perseguía, porque cuando él no venía lo buscaba ella.

No podía dejarla ir por agua al aljibe sin que la acompañara alguien de su confianza y, a veces, a pesar de sus diez arrobas aristocráticas, reveladoras de mujer que no tiene que trabajar, se veía obligada a subirse en la burra que llevaba los cuatro cántaros en las aguaderas y hacer a la muchacha que tirara del ronzal del pobre animalito, que iba dándose garrón con garrón abrumada de peso.

Eran tristes los alrededores del cortijo del Monje; cortijo de secano en medio del despoblado, entre los cerros chatos y pelados, sin más flora que la leña, la palma y las atochas. No había más árboles que un almendro y una higuera, rodeados de un balate de piedra, más allá de la era, frente a la puerta del cortijo. Allí habían plantado las chicas unas matas de palo santo y hierbabuena, y algunos alhelíes, y clavellinas, por lo que le daban pomposamente el nombre de El huerto.

El cortijo era grande, tenía cierto aspecto feudal cuando se le veía de lejos, porque el estar en la hondonada hacía que se descubriese el extremo de los arcos de las tinadas de las reses y tenía cierto aspecto de claustro, que rimaba con la puerta del cementerio y los cipreses puntiagudos y tristes.

Para regar aquellas pocas plantas tenían que ir por agua al aljibe, a un cuarto de legua de la casa. Aunque se quejaban de aquella excursión que necesitaban hacer unas veces bajo un sol de llamas y otras con una lluvia que calaba los huesos, no dejaba de ser divertida para mozas y mozos, cuando iban juntos, en medio de la monotonía de aquella vida.

El aljibe estaba situado en un sitio solitario y medroso, en el entrecruzamiento de las cañadas, cuyas vertientes lo llenaban de agua.

Era un depósito enorme, hundido en la tierra, capaz para abastecer de agua el cortijo, pero se hacía difícil sacarla con un cubo al extremo de una cuerda y un sistema de poleas.

Cerca del aljibe había un pilón para beber las bestias, y antiguamente iban allí los caminantes a descansar y dar agua a sus caballerías, pero ahora únicamente abrevaban los ganados de la finca, y el aljibe tenía puerta cerrada con llave. Se habían hecho pequeñas troneras para que entrase el agua de las lluvias.

Esto obedecía a un suceso macabro, del que se conservaba memoria por la cruz puesta sobre la puerta del aljibe. Las aguas habían ocultado un cadáver, no caído casualmente, sino asesinado, porque una gran piedra lo había sujetado al fondo.

Durante muchos años se había bebido de aquel agua, hasta que al fin, en una limpia, fue encontrado el esqueleto.

Esta leyenda hacía más lúgubre aún aquella cañada, desde la que se distinguían dos cruces a orilla del camino, entre los montones de piedras que acumulaban a su alrededor los devotos cuando, al pasar, rezaban una oración y arrojaban aquella especie de cuenta de rosario por el alma del asesinado o el muerto sin confesión, que debía tener su purgatorio en aquellos lugares, y a veces se aparecía pidiendo algún sufragio. Todos los cortijeros sabían ya la mezcla de invocación y exorcismo para estos casos: «De parte de Dios te pido que me digas quién eres y qué quieres».

Todo esto hacía que las mozas tuviesen miedo de ir solas por agua al aljibe, y esperaban la ocasión de reunirse varias y aprovechar las horas en que llevaban los mozos el ganado al abrevadero. Esto tenía para ellas la ventaja de que los zagales les ayudasen a tirar del cubo chorreante del agua de lluvia fresca y amargosa que salía del aljibe, y de que a veces les ayudasen a llevar los cántaros, que ellas sabían colocar tan airosamente sobre la cadera, rodeándolos amorosas con el moreno brazo; porque las andaluzas no ponen los cántaros sobre la cabeza, quizá por la costumbre de llevarla enflorada desde que se levantan.

Ahora, con el noviazgo, la tía Antonia no se atrevía a dejar a Rosa, y tenía que ir de vigilante o enviar a la misma Pura, porque temía al compañerismo con que las muchachas se hacían capa.

—No quiero que ocurra nada en mi casa —solía decir.

Y a veces añadía ufana:

—Podían atribuirlo a mi marido.

Todo el mundo se hacía lenguas del equipo de Pura, aunque criticaban que era demasiado para una labradora. Tenía por docenas los pañuelos de seda para la cabeza, ya que era costumbre que las casadas no la llevasen descubierta.

Y por docenas también tenía las camisas de lienzo fino, largas, anchas, con grandes mucetas de cadeneta, y los justillos, las enaguas de volantes encañonados a fuego, refajos de lana magenta y amarilla acabada de tejer.

Tenía vestidos de merino y de holandilla para toda la vida; pañuelos de crespón del talle en varios colores: garbanzo, tórtola y aceite. No faltaba el clásico mantón negro bordado en colores y otros dos más, uno blanco y otro color manteca, de esos que casi no se ponen las casadas y que luego heredan las hijas y las nietas.

—Haces bien, hija —decían las envidiosas, viendo sábanas marcadas, almohadones de jaretón, toallas de complicados flecos—. ¡Lo que la novia no ve en la boda…!

Aunque gozaba con aquellas vanidades, Pura se ponía triste cada vez que revolvía en sus arcas. Por un sentimiento casi inconsciente le parecía que lo tenía todo para su boda menos el novio.

La naturaleza, al darle un cuerpo más hermoso que el de la mayoría de las mujeres, le había dado también un espíritu diferente, más fino, más lleno de inquietudes. Había mirado muchas veces desde el fondo de la hondonada en que vivía hacia los cerros que, bajos y todo, le limitaban el horizonte, dejando el lugar como en el fondo de un pozo. Y, mirando hacia allá, había soñado en cómo se divertirían las mujeres de las ciudades. Había estado en Níjar y en Almería lo bastante para vislumbrar una vida diferente de la suya.

Y luego, los hombres en la ciudad eran más finos. Su novio, tan mayor para ella, tan rudo, no era para despertar su pasión. Esta vivía sólo en su cerebro y así podía sujetarla a lo que era la conveniencia para los suyos; pero, a cada momento, según avanzaban los preparativos, se sentía más triste.

Iba a abdicar esa especie de cetro que allí tenía la mujer soltera, para entrar en las obligaciones y la esclavitud de las casadas; en un lugar donde, por amantes que fueran los hombres, tenían que mostrarse fuertes, duros, si no querían caer en el descrédito de que los supusieran dominados por las mujeres. Y al dejar su vida de soltera no tenía la recompensa de la ceguera que dominaba a Rosa y a Juan. Ella hubiera querido poder enamorarse así.

El sábado llegó Joseíyo sólo. Traía un enorme ramo de claveles reventones, color de sangre de toro, con esa fuerza que da la tierra de Andalucía a sus flores.

Los corazones de Cándida y de Isabel latían apresuradamente pensando en una declaración y creyéndose cada una la preferida.

Pero él se acercó a Pura.

—Te traigo este encargo de parte de Antonio —dijo—. Él no puede venir este domingo. Me encarga que te lo diga. Está haciendo las particiones y ese día llega de Sorbas su hombre bueno.

—¿Y cómo me manda esto? —preguntó Pura un poco extrañada de tanta galantería.

—¡Como dijiste el domingo pasado que te gustaban tanto las flores naturales!

—Es verdad.

Todas las muchachas celebraban el ramo con esa paradoja que es comparar las flores artificiales con las verdaderas, o viceversa:

—¡Son tan rojos que parecen negros!

—¡Parecen contrahechos!

—¡Como si fueran de papel picado!

Pura los olía tan ansiosamente que casi había ocultado el rostro entre los pétalos.

Cuando levantó la cabeza estaba pálida y parecía que se había encendido en sus pupilas azules una luz extraña.

—¿Qué tienes? —preguntó la madre.

—Estoy un poco mareada.

—¡Es que esos claveles huelen que trasciende! —dijo Rosa.

Pura se había levantado para ponerlos en agua.

Frasco Cruz invitó a cenar a José. Él tampoco podía volver el domingo próximo, porque se marchaba a Almería para arreglar su viaje a Orán. Ahora se ocupaba en traer caballos árabes del África francesa y venderlos en el pueblo.

Les contaba las grandezas de aquella tierra; las cosas, casi milagrosas para ellos, que allí existían. Se ganaba el dinero sin trabajar y se divertía uno.

Su imaginación le hacía inventar cosas fantásticas que suspendían de sus labios al auditorio.

—Figúrese usted, tío Frasco, que todo se hace con máquinas: la siembra, la siega, la trilla, todo. Pero máquinas que no hay más que tocar un botón y estar sentadito mirando cómo se hace.

—¡Caballeros!

—¡Digo!

Exclamaron con asombro los oyentes.

—He visto una máquina que se metía la mies por un lado y ella la trillaba, la aventaba, molía el grano, cernía la harina, amasaba y cocía el pan. Así, en un santiamén, en menos que dice misa un cura loco, entraban las gavillas por un lado y salía el pan calentito por otro.

A nadie se le ocurría poner en duda lo que aseguraba haber visto él mismo, pero la tía Antonia se santiguó y dijo:

—¡Ave María! Yo no me comería ese pan. Debe ser cosa de brujería.

III

EL EMBRUJAMIENTO DEL PERFUME

Al domingo siguiente fue Antonio sólo. Era ya la última amonestación y nadie salió del cortijo. Se quedaban acompañando a Pura en su último domingo de soltera. La boda sería la semana próxima.

Durante la comida se habló de los proyectos que hacían encenderse de rubor las mejillas de Pura y brillar los ojos de Antonio, cuando se clavaban en el rostro de su prometida.

Tenían que salir el sábado de madrugada para llegar a Níjar a hora de recibir la bendición y, después de descansar las horas de sol de la siesta, volver con la fresquita, a fin de estar a tiempo de la comida y marchar al cortijo de los Tollos para armar el baile, que duraría ya hasta el lunes de madrugada. Iba a ser una boda de rumbo.

Pero la velada, a pesar de la promesa de diversiones, transcurría cansada y triste. Faltaba Joseíyo, tan decidor y alegre, que él sólo llevaba la conversación y los animaba a todos. Ceferino, por más esfuerzos que hacía, no llegaba a igualarlo.

Rosa y Pura estaban sentadas cerca de sus novios haciendo uso de ese permiso de hablar en voz baja, abstraídos de la reunión, que se concede a los enamorados.

Pura se sentía más inclinada que lo había estado nunca hacia su novio. Durante aquella semana se diría que la había penetrado un sentimiento nuevo, como un deseo de fusión de su ser, para hacerse más amplio. Era un sentimiento que le había dado el manojo de claveles con su fuerte olor a clavo.

De día lo tenía en el vasar y de noche se lo llevaba al ventanillo de su cuarto, que a causa del calor permanecía abierto.

El airecillo penetraba hasta su cama y le oreaba el rostro con suavidad de abanico perfumado. Era una caricia la de aquel perfume que la envolvía. Le causaba a un tiempo una sensación de placer y de malestar; la ponía nerviosa, le quitaba el sueño, y la hacía levantarse, ir a la ventana, abismarse en aquella paz desolada del campo y del cielo sereno y brillante. Escondía el rostro entre los pétalos suaves y frescos de los claveles, aspiraba, con hambre y con sed de todos los poros, el perfume penetrante y sentía ganas de llorar, sin saber por qué.

Era una sensación fuerte y poderosa: la poseían los claveles, con el aroma que la penetraba como un puñal. Entonces pensaba en un hombre. Se sentía atraída hacia su novio por haberle enviado aquellas flores que estimaba más que todos los regalos que le había hecho de trajes, mantones y collares. Era el primer mensaje que le hablaba de amor, la primera vez que sentía estremecerse su carne con el deseo de un beso.

Pero, ahora, sentada cerca de Antonio, le parecía que se iba desvaneciendo aquel sentimiento de amor que había experimentado cuando estaba lejos. El hombre no realizaba la promesa del ensueño.

Ya se iba a despedir para marcharse, antes de que se pusiera la luna e hiciera peligrosos los caminos, pues el novio no tenía hospitalidad en casa de la prometida, cuando ella le dijo:

—Los claveles están frescos todavía, ¿sabes?

—¿Qué claveles?

—Los que me enviaste con Joseíyo.

—¿Yo?

—¡Ah!

Los dos callaron, seguros, cada uno, de haber dicho una simpleza.

Momentos después Antonio hacía trotar a su caballo en dirección a su cortijo. Aunque no era cobarde para con los hombres, le amedrentaba la cosa de cementerio que rodeaba al cortijo del Monje en aquel paraje agreste, hundido en la tierra árida, con la desolación de sus cipreses y sus cruces.

«Por fortuna he hecho mi última visita», pensó.

Ya sólo había de volver una vez para buscar a la esposa. Lo había martirizado en su noviazgo la necesidad de pasar aquellos caminos en las noches invernales, cuando entre las sombras parecía que se agrandaban la cruz del aljibe y las otras dos cruces, conmemorativas una de un carabinero asesinado allí por los contrabandistas y la otra de una enferma que falleció sobre la mula en que la llevaban al pueblo para ver al médico.

Empezó a cantar a dos voces, como hacían los que no querían que se creyese que iban solos, sin pensar que el ruido de la cabalgadura denunciaba que no tenía compañero.

Iba furioso. ¿Por qué le llevaba Joseíyo flores a Pura sin saberlo él?

Le mordían los celos, y eso que creía en la amistad de José, que lo había acompañado todo el invierno, pacientemente, en sus visitas al cortijo del Monje.

De pronto, en el cruce del camino oyó el trote de otro caballo. Puso el suyo al paso y se previno, mirando en las tinieblas, hacia el lado de donde venía el ruido.

Oyó la voz bien conocida de José que le preguntaba:

—¿Eres tú, Antonio?

Respondió con otra pregunta:

—¿De dónde vienes?

—Estuve en Los Albaricoques, en el baile. A ti no hay que preguntarte.

—Sí, vengo de casa de Pura.

—¿La última visita?

—¡La última!

Había algo raro en el acento de los dos amigos. De pronto, Antonio dijo:

—Oye, José, entre hombres no hay que andar con rodeos. ¿Qué es eso de llevarle tú flores a Pura de mi parte?

Se escuchó la sonora risa de Joseíyo.

—¡Calla, pues es verdad! No te he visto después para advertirte. ¿No le habrás dicho que no habías sido tú?

—No te comprendo…

—Pues es sencillo. Cuando me enviaste a decir que no podías venir el domingo pasado, me di la vuelta por la Hortichuela y todo el huerto de Montano estaba lleno de claveles. Me acordé de que Pura dijo que le gustaban, y pensé que llevándole un ramo de tu parte se le quitaría el amargor de boca de saber que tú no ibas.

—¡Podías haberme advertido!

—¿Es que has dicho que no eran tuyos?

—No. Me sentó mal. ¿A qué negarlo? Pero creo que ella no ha comprendido…

—Puedes creer que no he tenido ninguna intención. Soy tu amigo.

—Hombre, ni que decir tiene…, te lo agradezco.

—Bueno. Yo me marcho por aquí ya.

—¿Te has ofendido?

—¿De qué me iba a ofender? Es natural que te sorprendieras.

—¿Por qué no vienes al cortijo?

—Tengo mucho que hacer. Ya sabes que me quiero ir a Orán en el primer barco. Yo no tengo genio de estarme aquí, siempre en el mismo sitio. Tengo un espíritu inquieto..., raro...

—Pero ¿vendrás a la boda? Quiero que seas testigo.

—Y a mucha honra.

—Además, deseo encomendarte unos potros y dos yeguas.

—Lo que quieras. Yo pasaré por tu cortijo un día de estos.

—¡Que no faltes!

—Tenlo por seguro. Buenas noches.

Dos coplas, alejándose en sentido contrario, marcaban el caminar de los dos amigos entre la plácida dulzura de los campos, en la sombra de la noche.

IV

LA REVELACIÓN

En cuanto Antonio se alejó un poco, José torció la rienda de su jaca y subió la ladera opuesta. No tardó en encontrarse al otro lado del barranco. Allí, en la solana, el aspecto de la naturaleza cambiaba. La nota triste y fosca de la hondonada se borraba en el dilatado horizonte, en cuya lejanía se distinguía el mar azul.

Estaba la tierra cubierta de un tapiz de florecillas menudas; las primaveras, blancas y chiquitas, como estrellitas de nieve, cubrían las hazas.

En los balates crecía el trébol amarillo y, a su sombra, las graciosas orquídeas silvestres, con sus flores de aspecto de candiles y de abejas; mientras que en los riciales lucían las amapolas y los jaramagos, formando las bandas de rojo, verde y amarillo.

Cruzó el arenal de la rambla, entre las lujuriantes adelfas y los rosales silvestres, y llegó a la tapia de Montano, la única finca cultivada como jardín de todo el contorno.

Estaba materialmente llena de claveles. Se apeó de la jaca, sacó la faca que llevaba entre la faja y comenzó a cortar flores, sin hacer caso de los perros, que ladraban desaforadamente, transmitiendo el aviso de su presencia a los cortijos cercanos, cuyos perros ladraban también, en respuesta.

Cuando tuvo un brazado grande de flores sacó del bolsillo de la chaqueta un listón y las amarró fuertemente. Satisfecho de su robo volvió a montar y emprendió a todo galope el camino del cortijo del Monje. Se sumió de nuevo en la hondonada triste, entre las laderas florecidas de tomillos y cantuesos y se dirigió al cortijo. Al llegar al aljibe se apeó y dejó la jaca amarrada de una de las argollas cercanas al pilón.

Avanzó a pie en dirección al cortijo, donde lo recibieron los perros con caricias, como a un buen amigo.

Se orientó un momento, y llegó al pie de la ventanilla de Pura. Estaba abierta y sobre ella se veía el gran puchero de barro que servía de búcaro al ramo de claveles, ya marchitos.

Él llegó, se empinó, tomó el puchero, quitó el ramo y puso en su lugar el que traía.

Sin duda, Pura no dormía. Oyó el crujir de la cama bajo el peso del cuerpo, el ruido de levantarse, y sintió cerca de él, en la ventana, a la que había llegado descalza, la voz de Pura, que preguntaba con más ansiedad que miedo:

—¿Quién está ahí?

Era ella… Allí, cerca, blanca y desnuda, como había saltado del lecho. Se sintió sobrecogido de una angustia sin nombre.

La voz de la joven susurró de nuevo:

—¿Quién está ahí? ¿Antonio?

Aquel nombre, en aquel momento, le produjo el efecto de un latigazo en la cara, y amparándose en la sombra huyó como un forajido hacia el aljibe para buscar su jaca.

Entretanto, Pura, con la ventana abierta, bebía con todo su ser aquella fragancia renovada de los claveles.

Había visto y conocido a José, o mejor, lo había adivinado. Era él quien le llevaba las flores. Ahora los claveles tenían un nombre, un rostro, un aliento. No era Antonio el que la hacía temblar de amor, era José el que la envolvía en su caricia con aquel perfume penetrante como un puñal que penetraba en su carne.

V

DOBLE PASIÓN

Había llegado al fin el día de la boda. En un ángulo de la gran cocina estaban preparados los aparejos nuevos para enjaezar las bestias y las sobre mantas delanteras y almohadones con que se habían de adornar.

Las mulas en que cabalgarían Pura y la comadre debían llevar silletas, altas como un castillete, recubiertas de bordados. Era preciso que se distinguieran en toda la cabalgata, que había de ser numerosa, según las comitivas anunciadas que vendrían para unirse a ella de los lugares cercanos.

La tía Antonia se quedaba con Rosa y Encarnación para preparar el banquete, y Cándida e Isabel acompañaban a su prima.

A pesar de las tareas de prepararlo todo, lo que más preocupaba a las muchachas era su atavío. Cuando llegaron Antonio y José encontraron a Isabel, Cándida y Encarnación ante una lumbrarada de abulagas, que habían encendido cerca de la puerta para depilarse denodadamente los vellos indiscretos.

—¿Qué diablos hacéis? —preguntó Antonio.

—¿No lo ves? Nos quitamos el vello de los brazos.

—Voy a llevar un vestido blanco, sin mangas —dijo Cándida.

—Yo uno de vuelo, color de aceite —añadió Encarnación.

—No queremos estar feas y peludas —concluyó Isabel.

—¡Pero os vais a asar!

—No hay miedo.

—Es que ya huele a carne chamuscada. Por cierto que debe ser Cándida la que se quema, porque el olor es a carne morena.

—¡Qué gracia! Como si no fuera igual.

—No lo creáis. La carne morena huele de otro modo.

—Si lo dices por burlarte, no me importa —dijo algo enfadada Cándida—. A mí me gusta ser morena: «Lo moreno lo hizo Dios y lo blanco lo hizo un platero».

Las tres muchachas reían, haciendo resaltar las líneas de luz de los dientes, iguales y blancos, sobre sus rostros juveniles.

—No te enfades —dijo Antonio—. Mira que estas se alegran de verte picada.

—Todo el mundo se alegra del mal ajeno —respondió Cándida.

—No, mujer; tanto como eso, no... —dijo José—; alegrarse es demasiado, pero la verdad es que cuando le pasa algo desagradable a los demás no se puede evitar sentir por dentro cierto fresquillo de satisfacción.

Antonio había entrado a la casa en busca de Pura, y el futuro suegro, que había comenzado a hacer uso del aguardiente, se preparaba a convidarlo, y preguntaba:

—¿Dónde se ha metido Joseíyo?

—Con las muchachas. Está siempre como periquito entre ellas.

José se apresuró a presentarse, y por más que quiso disimular, sus ojos buscaron a Pura. Ella lo miró un momento y los dos temblaron.

«¡Qué hermosa!», pensó él.

«¡Qué guapo!», se dijo ella.

Estaba en verdad interesante el muchacho, en contraste con el novio.

No muy alto, bien proporcionado, de un moreno rubianco, como tostado y trigal; con el cabello rizado y los ojos pardos, grandes y dulces, tenía una expresión franca y risueña que atraía.

Toda la tarde estuvo locuaz, excesivamente nervioso, causando la risa de cuantos lo oían con sus graciosas salidas.

—A ver cuándo te casas tú, que ya te llama la iglesia —dijo la tía Antonia.

—Yo no quiero hacer desgraciada a nadie —respondió él—. Tengo un carácter inquieto. Seguramente le daría disgustos a mi mujer.

—Eso es que no te has enamorado de veras.

—¡Quizá! Para yo enamorarme se necesitaría una cosa muy grande, muy extraordinaria y que me pillara de sopetón, sin lugar a pensarlo.

—Tienes razón, muchacho —dijo Frasco Cruz—. El casarse tiene que ser como el que se tira al baño: de cabeza...

Pura se conservaba seria, indiferente, excesivamente fría; pero a nadie llamaba la atención su actitud por el comedimiento a que obliga el exagerado recato campesino en víspera de boda.

Ella misma no sabía lo que le pasaba. Sentía abrasarse sus entrañas en una ansiedad desconocida. Todo su ser de virgen se estremecía de pasión no sentida, que despertaba con la boda, pero no para el novio: hubiera dado la vida entera por estrechar contra su pecho a José. Era como un suplicio tener cerca a Antonio. Se estremecía de repulsión al más leve contacto suyo, como si todo su ser protestara. Se sentía morir de angustia al pensar en que iba a pertenecerle; y aquel odio y aquella pasión nacían en la víspera de la boda, como un producto de la sensualidad que la preparación del casamiento y la entrega de la virgen al hombre había puesto en el ambiente.

«Quizá el perfume de los claveles estaba embrujado —pensaba con miedo— o me ha dado algo para que lo quiera. ¡El olor de esos claveles ha sido para mí como una puñalada!».

El regalo de aquellas flores había sido la confesión del amor de José. Pero ¿por qué no se lo había dicho antes? ¿Por qué había dejado que llegara aquel momento inevitable que dentro de algunas horas la haría esposa de Antonio?

Por fortuna se suprimió la velada aquella noche, y al acabar de comer cada uno se fue a acostar. Era preciso salir a las cuatro de la mañana. Había que levantarse lo menos a las dos y tener a las bestias bien alimentadas. Hubo sus bromas consiguientes respecto al sueño de los novios y a que las otras parejas no podrían dormir de envidia, ni las muchachas descansar pensando en adornarse para ir hechas un brazo de mar con sus galas y sus flores.

Pero a pesar de las bromas casi todos los hombres no tardaron en dormirse. Se oían los ronquidos de Antonio, que había abusado un poco del peleón y del aguardiente del suegro.

Poco antes de las doce se levantó José.

—¿Dónde vas? —preguntó entre sueños Antonio, que dormía en la cabecera de al lado.

—A dar el pienso a las bestias —respondió él.

—Iré contigo…

—No haces falta. Descansa.

—Gracias. ¡Voy a necesitar bien las fuerzas!

La torpe alusión encendió la ira de José.

Salió de la casa, fue a la cuadra, y en lugar de dar pienso a su caballo lo aparejó.

«Es mejor que me vaya —se decía furioso—. No podré soportar ver que este animal se lleva a Pura. ¡Y pensar que soy yo, yo sólo, quien se la ha entregado, por mi cobardía y mi idiotez!».

Él había ido allí las primeras veces como amigo, y aunque reparó en la belleza de la muchacha, no había pensado nunca en ella, hasta aquella tarde en que hablaron con el buhonero. Cuando ella rechazó las rosas porque ya estaba presa, cuando se dio cuenta de que se había corrido la primera amonestación. El eslabón primero de la cadena que la separaba de él. Se preguntaba por qué no se había ido ya; pero ni él mismo sabía cómo vivía desde entonces.

No podía dominar el impulso de buscar a Pura, de llevarle flores, de ir hacia ella, y luego sentía vergüenza de su doblez con el amigo, miedo de la repulsa de la muchacha, algo que le obligaba a huir y a disimular.

Pero ahora se daba cuenta de que había contado demasiado con su fuerza. Tal vez porque acababa de recibir la certeza de que ella también lo quería. Su pericia de hombre le revelaba la pasión de la joven.

«¡Está tan loca por mí como yo por ella! —se decía—. Pero ¿qué hacer?».

En su locura descartaba la amistad de Antonio. No valía esta un sacrificio, y si lo tomaba a mal, de hombre a hombre no había gran diferencia. Si en eso hubiera consistido la posesión de Pura, se la hubiera disputado faca en mano.

Pero no era eso. Era algo que se había formado con los preparativos de la boda y que tenía tanta fuerza como la boda misma.

Tenía que huir desesperado. Precisamente salía el domingo barco de Almería para Orán. Todo era adelantar el viaje una semana. Caminando toda la noche podría llegar a tiempo.

Cuanto más lo pensaba veía que era lo mejor que podía hacer. Sentía los comentarios sólo por ella; pero no había otro remedio. Si seguía allí ocurriría una barbaridad. No podría ver que un hombre, fuese como fuese, ponía la mano sobre Pura. Sólo de pensarlo sentía impulso de matar.

—Me iré, me iré —decía con resolución desesperada—. Me iré; no volveré a verla. Me recomeré los hígados.

Y en el momento de irse lo invadía de nuevo el deseo loco de volverla a ver.

—¡La vez última!

Llevando el jaco de la brida se acercó a la ventana, que le pareció cerrada. Se detuvo indeciso y vio que sólo estaba entornada y que se abría de par en par.

—¡Pura!

—¡Joseíyo!

—¿Me esperabas?

—Sí.

El apremio de tiempo excluía toda coquetería y recato.

—¿Dónde vas?

—¡Muy lejos! Para no verte en poder de otro o para no matarlo.

—¡No te vayas, José! ¡No me dejes! —imploró la voz de ella—. ¡Me moriría de pena!

—¿Me quieres?

—¡Más que a mi vida!

—¿Y te vas a casar?

—¡Qué remedio me queda!

—Puedes decir *no* al pie del altar. Para eso pregunta el cura.

—¿Y si me falta valor? Es una cosa tan seria, delante de todos.

—Sí... ¡Pero piensa que no puedo vivir ya sin ti...!

—¡Ni yo quiero más que a ti en el mundo!

—¡Vente conmigo! —propuso él en una resolución súbita.

—¿Dónde?

—¡No sé…! ¡Lejos…! ¿Quieres?

—¡Yo! ¡No sé…! ¡No sé…!

—¡No hay tiempo que perder, Pura! Tenemos los minutos contados. Sí o no. *¡Para siempre!*

—¡Voy contigo!

—¡Corre!

La joven hizo un gesto desesperado.

—Mi madre ha cerrado la puerta que da a la cocina.

Aquella previsión materna, celosa de la virginidad de su hija, que deseaba entregar al esposo como Dios manda, fue un nuevo aliciente a la pasión del joven.

—¿No hay otra salida? —preguntó con angustia.

—Tendría que atravesar el cuarto de mis primas.

—¡No te importe! ¡Ven! ¡Atrévete! ¡Que yo te tenga en mis brazos y no te quitarán de ellos!

Se inclinó ella, tomó los zapatos en la mano y echó a andar hacia el interior resueltamente.

Él, con la jaca de la brida, fue a colocarse frente a la puerta de la cuadra, un poco amedrentado de la proximidad del cementerio, como si creyese que allí había alguien que lo sabía todo y que velaba mientras los demás dormían. Fueron momentos crueles que le hacían sudar.

Al fin apareció Pura.

Sus brazos se enlazaron y un beso apasionado y largo selló los desposorios.

—No hay tiempo que perder.

La tomó a la grupa y espoleó la jaca.

Comenzaba a iniciarse en el cielo la luz del amanecer por el lado de oriente, mientras que las sombras se amontonaban al otro extremo.

La jaca corría como una flecha. Él sentía los hermosos brazos de la muchacha en un abrazo estrecho en torno de su cintura. Ella percibía el calor del cuerpo de José y la caricia de los cabellos que, perdido el sombrero, flotaban al viento.

Pasaron sin santiguarse y sin verlas ante las cruces del camino y, sin mirar atrás, salieron del triste valle donde quedaba el cortijo unido al camposanto de los muertos como un cementerio de vivos. Tuvieron que cruzar un haza para no tropezarse en el camino con una de las alegres pandillas que venían para unirse a la cabalgata de boda. Sólo después de una hora de carrera se detuvieron para dar descanso a la jaca. Se sentían felices, como jamás hubieran podido serlo en una pasión serena y en una boda preparada.

Gozaban, sin saberlo, la voluptuosidad suprema de las uniones primitivas. La boda por rapto. Aquel deleite de los enamorados que en las tribus salvajes robaban a la esposa y escapaban con ella. Parecía más intenso así el placer de la conquista. Y la voluptuosidad de ellos era aún mayor, porque iba acompañada del sentimiento del peligro.

Era indudable que dentro de poco se habrían de dar cuenta en el cortijo de la falta de Pura, y cuando no encontrasen tampoco a José ni a su caballo tendrían la revelación de lo sucedido.

Aunque en el fondo todos sentirían ese fresquillo interior que suele causar a los envidiosos el mal ajeno, se dejarían llevar de la indignación contra los que quebrantaban las costumbres establecidas.

Disipadas las borracheras de Frasco Cruz y de Antonio, correrían en su busca, secundados por amigachos, servidores y parientes.

Si los encontraban en aquel país vengativo, la muerte del muchacho era cosa segura. No se podían detener; pero era preciso tratar con consideración al caballo para poder hacer aquella jornada.

José se apeó. Puso sobre la silla a Pura y volvieron a emprender la marcha trotando él al lado de la cabalgadura.

Iba ella a cuerpo, con sus collares y alhajas puestas, vestida ya con las ropas de novia y lavada y perfumada, con esa impudicia con que las familias preparan la entrega de la hija. Sin duda todo aquello era lo que más se la había dado. La muchacha, excitada con sus preparativos de boda, viéndose hermosa ante el espejo, había oído el llamamiento de la naturaleza que la inclinaba hacia el hombre joven, fuerte y hermoso, y le hacía huir del que le estaba destinado. Era una eclosión de juventud, de sensualidad suprema, la que los había envuelto.

Y los dos corrían hacia la dicha, embriagados en el perfume del amanecer y en los olores a jabón y a colonia que emanaban las ropas de la muchacha, mezclados con los efluvios de la carne morena y primaveral. La clave de la pasión andaluza estaba en la sensualidad de los perfumes de su tierra.

La carrera hacía que el aire refrescase sus frentes y sus cabezas, que parecían ir a estallar, según les martilleaban las sienes.

A veces tenían que internarse a campo traviesa, temerosos de encontrar algún conocido que denunciase su ruta; pero la hora temprana tenía ambos caminos desiertos. Sólo las alondras, cantando a la aurora, y la música de violín de los grillos, interrumpían el silencio.

Y avanzaban resistiendo el deseo inmenso de detenerse allí y no perder ni un instante de la pasión poderosa que los cegaba.

No podía haber ninguna pasión más intensa que la que sentía José robando del mismo pie del altar la mujer de su amigo. La misma mala acción, el peligro a que se exponía, lo extraordinario de la empresa, ponían en su aventura una nota épica, acre y áspera, que excitaba un extraño y fuerte sadismo.

Su sentimiento prendía en Pura y la iniciaba en la pasión desenfrenada y loca. Despiertos sus sentidos con el penetrante perfume de los claveles, obrando sobre sus nervios como una revelación.

No era raro en la comarca que un antiguo novio robase a la desposada en su boda, en el momento supremo de ir a perderla, y de que una boda preparada con alegría, terminase con sangre. Encajaba dentro de las costumbres de aquel pueblo de clima meridional, de raza moruna y de temperamento sin desbastar.

Lo más raro y sin precedente era que su unión se había verificado al mismo tiempo que la revelación de su amor y que la primera confesión fuese unida a su primer beso. Tenía la embriaguez que causa el perfume que se aspira en los azahares o los jazmines en el momento de abrirse.

Necesitaban dominarse para retener el impulso de sus corazones ansiosos de latir unidos, pero era preciso apresurar aquella carrera, de la que dependía toda su vida.

Sólo respiraron al comprender que llevaban ya delantera bastante para poder escapar hacia otro continente, hacia la promesa de una vida nueva, olvidados de todo, cegados de luz, en una ingratitud suprema para el pasado y envueltos en la ola de aquella pasión duplicada por el triunfo sobre todos los convencionalismos y por el puñal afilado del aroma de los claveles.

FIN

Carmen de Burgos

(1867-1932)

Carmen de Burgos nació en Rodalquilar (Almería), el 10 de diciembre de 1867. Periodista, escritora, traductora, pedagoga y activista; firmaba sus obras bajo el seudónimo de Colombine y es considerada parte de la generación del 98.

Recibió la misma educación que sus hermanos varones, lo que la llevó a desarrollar una libertad y actividad intelectual inusual en las mujeres de la época. Con 16 años contraería matrimonio con un bohemio periodista, cuyo padre poseía una imprenta. Esta circunstancia va a acercar a Carmen de Burgos desde su juventud al mundo periodístico, publicando en esta época sus primeros artículos. Años después, en 1895, se titularía como maestra.

La muerte de dos de sus hijos y el maltrato recibido por parte de su marido conllevan que en 1901 abandone el hogar conyugal y se establezca en Madrid con su hija María. A partir de ese momento colabora con diversos diarios y es reconocida profesionalmente como la primera mujer periodista en España, ejerciendo además como corresponsal de guerra. Su labor periodística —compaginada con la docencia— le permitirá abogar por los derechos de las mujeres, defendiendo el sufragio femenino, el derecho al divorcio y otras causas sociales en cientos de artículos.

Tuvo relación a través de las tertulias que lideraba con importantes escritores de la época como Benito Pérez Galdós o Juan Ramón Jiménez, así como iniciaría una profunda y duradera relación amorosa con Ramón Gómez de la Serna, con quien residió en distintos países. Su lucha por los derechos humanos y la igualdad de género la trasladó a los artículos, ensayos y novelas que publicó; entre estas últimas cabe destacar *La hora del amor* (1916), *La rampa* (1917), *La malcasada* (1923) o *Puñal de claveles* (1931).

Con la llegada de la Segunda República vería cristalizadas sus aspiraciones feministas. Fue en este periodo nombrada presidenta de la Cruzada de Mujeres Españolas y de la Liga Internacional de Mujeres Ibéricas e Hispanoamericanas. Al poco tiempo, el 8 de octubre de 1932, fallecía a los sesenta y cuatro años, siendo con posterioridad censurada por el franquismo, al ser catalogada de autora prohibida y desaparecer sus libros de bibliotecas y librerías.

ÍNDICE

Este libro se terminó de editar en Granada
en abril de 2025 por

Aliarediciones

www.aliarediciones.es
info@aliarediciones.es